# Wege der Heilung

# Die Schattenjäger

babas ga

Dieses Buch ist gewidmet meinem
wundervollen Sohn Marco!

Mein Dank gilt
EMESTHOS, Hilde, Veronika & Andrea,
Alex, Nils, Marco (für sein Dasein)
und meinem Mann und Freund,
der mir Raum und Zeit gab,
um meinen Weg zu finden.

## Impressum

Dieses Werk ist urheberrechtlich geschützt.
Alle Rechte vorbehalten. Jede Wiedergabe,
Vervielfältigung und Verbreitung auch von Teilen
des Werks oder von Abbildungen, jede Übersetzung,
jeder auszugsweise Nachdruck, Mikroverfilmung
sowie Einspeicherung und Verarbeitung in
elektronischen und multimedialen Systemen
bedarf der ausdrücklichen Genehmigung der Autorin.

© 2012 babas garden
Herstellung und Verlag:
Books on Demand GmbH, Norderstedt
ISBN 9783848210992

Titelbild und alle Illustrationen:
Alexander Schiek, Urbach
Buch-Gestaltung:
Nils Hoffmann Design, Schwäbisch Gmünd
www.nils-hoffmann-design.de
Alle Fotos für die Illustrationen: Fotolia.com

**babas garden**
**Monika Sigrun Beer**
Filsstraße 38
71522 Backnang
E-Mail: babas-garden@web.de
**www.babas-garden.de**

So öffne Dein Herz
und betrete die Welt
von babas garden

# Inhalt

# Die Schattenjäger von Erduan

Die Nacht legte einen Mantel aus Frieden und Stille um sein Federkleid. Die Geräusche des Waldes wurden mit Anbruch der Dunkelheit weniger und weniger. Er saß da und wartete. Eulen jagen in der Nacht. Den wachen Augen der Jäger bleibt nichts verborgen.

Malik war keine gewöhnliche Eule, er war ein Schattenjäger – ein Freund und Verbündeter von Erduan.

Erduan selbst war ein Botschafter, ein Botschafter der Erde. Er sprach im Namen der Großen Mutter und jenen Wesenheiten, die wie er, die großen Reiche wieder vereinen wollten.
In lang vergangenen Zeiten lebten die Menschen mit den Völkern von Erduan zusammen. Sie wussten um die Magie der Natur. Die Elemente Feuer, Wasser, Luft und Erde waren den Menschen zu Diensten – die Wesen der unterschiedlichsten Pflanzen brachten ihnen Linderung und Heilung. Respekt und Achtung der Natur gegenüber, war für die Menschen selbstverständlich. Sie wussten, sie konnten nicht ohne sie leben. Würde die Natur sterben, so würde auch das Menschenreich, früher oder später, seinem Ende entgegengehen.

Über tausende von Monden hatten sich die Welten entfremdet. Viele der Naturwesen zogen sich zurück. Die einst so großen Tore in die Anderswelt verschlossen sich und nur ein Bruchteil der Menschen nutzte noch die alte Magie der Erde. Doch nichts bleibt wie es ist. Alles unterliegt dem Wandel.

So kam es, dass viele Menschenkinder geboren wurden, die anders waren. Anders als ihre Eltern und Großeltern. Sie hatten eine neue Art zu denken und wahrzunehmen. Tief in ihrem Inneren wussten sie um die Existenz der Naturreiche. Es war als hätte die Erde selbst sie gerufen, um gemeinsam mit ihnen in eine neue Zeit zu gehen. Die alten Tore begannen langsam sich wieder zu öffnen.

Erduan sah die Veränderungen im Menschenreich und beschloss, den Menschenkindern auf ihrem Weg zu helfen. Er rief die Schattenjäger.

Es waren Eulen – große und mächtige Vögel die auf ihrem Gefieder die Zeichen der Erde trugen: Blüten, Blätter und Kristalle. Ihre Augen leuchteten in der Dunkelheit und sie waren bereit... ...bereit für die Kinder dieser Erde zu fliegen.

Malik saß immer noch im tiefen Wald und wartete. In der schwarzen Nacht sah er die leuchtenden Augen seiner Gefährten. Es waren viele. Die Eulen hatten all ihre Ängste überwunden. Zu jeder Zeit waren sie von tiefem Frieden erfüllt und von dem Wunsch zu helfen. In ihrer Brust trugen sie den Mut der Löwin, einer Löwenmutter, die bereit war ihre Kinder bis auf das Letzte zu verteidigen.

Malik lächelte. Die Kristalle an seinen Flügeln begannen zu leuchten und zu glitzern. Das bedeutete, dass irgendwo auf dieser Erde ein Menschenkind ihn um Hilfe rief. Ohne zu zögern breitete er seine Flügel aus und startete, seine Gefährten dicht hinter ihm.

Sie durchflogen die Dunkelheit um dann in das Feld der Ängste emporzusteigen. Dieses Feld glich einem Vulkan und war voll von Angst und Wut. Die Ängste waren in blutrote Feuerbälle gehüllt und schwebten dicht aneinandergedrängt durch die Ebene. Der Magnet an Maliks Flügel zog einen der Feuerbälle magnetisch an. Er brauchte nicht lange zu suchen. Dieser Feuerball hatte einen grün leuchtenden Rand. Dieser grüne Rand zeigte die Bereitschaft des Kindes eine Angst loszulassen.

Die Jagd begann. Die Schattenjäger begannen den Feuerball zu jagen. Die Angst in ihm dehnte sich aus und wurde größer und schneller. Doch sie hatte keine Chance. Gemeinsam zerrten sie die Jäger auf eine höhere Ebene, hinaus aus dem Vulkan. Hier schien ein so helles Licht, dass der Feuerball dahinschmolz wie Eis im Sonnenlicht. Die Eulen warteten, bis nichts mehr von ihm übrig war.

Voller Freude machte sich ein Teil der Gefährten wieder auf den Weg in den Vulkan. Sie hatten mehrere Ängste gesehen die einen leuchtend, grünen Rand hatten. Sie wussten, dass einige Kinder ein Bildnis von Malik besaßen. Ein Bild mit einem glitzernden Magnet. Wenn man der Angst einen Namen gab, sie auf einen Zettel schrieb und Malik übergab, so begann diese im Feld der Ängste grün zu leuchten. Ein Zeichen für die Eulen, auf die Jagd zu gehen.

Ein anderer Teil der Schattenjäger flog auf die Ebene der Wünsche. Auch hier konnten die Jäger helfen. Die Wünsche und Hoffnungen waren in lichten Hüllen verschlossen. Zog man sie auf die nächst höhere Ebene, so kamen sie ins Bewusstsein der Kinder. Die eigene Größe, Stärke und die Begabungen konnten hier entdeckt werden. Malik aber flog alleine weiter. Er flog in die Welt der Träume. Hier konnte der den Jungen besuchen, der ihn um Hilfe gebeten hatte.

Der Name des Jungen war Olec. Olec träumte in dieser Nacht von einem riesigen Vogel, einer Eule. Auf ihrem Gefieder trug sie die Zeichen der Erde: Blüten, Blätter und Kristalle. Ihre wachen Augen schauten ihn an und sprachen zu ihm: Deine Angst Olec, ist im Licht dahingeschmolzen, sie ist weg.
Doch vielleicht wird sie sich dir noch einmal zeigen. Wenn dies geschieht, so denke an mich und an den Mut der Löwenmutter, und trete ihr entgegen. Du musst nur ein Stück in sie hineingehen, dann wird sie sich für immer auflösen!
Als Olec am nächsten Morgen erwachte dachte er an die Worte, die er unter den Magneten von Maliks Bild geheftet hatte: Ich habe Angst, alleine durch die Dunkelheit zu gehen.
Olec wohnte auf einem kleinen Bauernhof außerhalb des Ortes. Morgens hatte seine Mutter ihn immer zur Schule gebracht. Sie war mit ihm gegangen. Doch jetzt hatte sie eine Arbeit in der Stadt angenommen und musste schon vor ihm das Haus verlassen. Ab heute musste er alleine gehen...  ...alleine durch die Dunkelheit!

Nach dem Frühstück verlies Olec das Haus. Sein Herz fing an wild zu klopfen. Der Junge schloss seine Augen und dachte an Malik und an den Mut der Löwenmutter....und er ging mit der Löwin an seiner Seite durch die Dunkelheit.

Fast bei der Schule angekommen, hatte sich  sein klopfendes Herz wieder beruhigt. Olec lachte, ....er hatte es geschafft! Er war durch die Angst hindurchgelaufen! In seinem Inneren wusste er, die Angst würde jeden Tag kleiner werden, bis sie entgültig verschwunden wäre.

Natürlich war Olec nicht alleine gelaufen, über ihm flogen die Schattenjäger. Sie hatten das Kind nicht aus den Augen gelassen. Auch an den folgenden Tagen wurde Olec begleitet, von riesigen, mächtigen Vögeln, den
Schattenjägern von Erduan

# Das Versprechen

Wenn ich die alten Pfade des Waldes gehe, berühren meine Pfoten unsere Mutter Erde. Ich trage sie in mir, die alten Bäume und die Stimmen ihrer Wesenheiten. Sie sind ein Teil von mir, ein Teil meines Lebens.

Wenn ich des Wartens überdrüssig bin, verkrieche ich mich in den großen Schluchten der Wälder. Sie sind ein Ort des Rückzuges für mich, ein Ort der Stille. Dann denke ich an Dich, an unsere Geschichte, an unser Versprechen. So führen mich meine Gedanken zurück, zurück in die alte Zeit der roten Menschen.

Wir lebten in der Fülle der Prärie und der großen Canyons. Die Berge und Täler waren besiedelt von der Artenvielfalt der Tiere und der Welt der Pflanzengeister. Ihre Stimmen erzählten Geschichten, Geschichten von unserer Mutter Erde und ihren Kindern. Die roten Menschen, auch sie konnten die Geschichten hören. Sie lauschten den Stimmen des Windes, der Erde und der alten Bäume.

Ihr Herz war verbunden mit der Schönheit der Natur – uns Tiere betrachteten sie als Brüder und Schwestern. So lebten wir in einer Einheit, viele Jahre.

Ich habe Dich beobachtet, als die Trommeln ihr Lied sangen und Du getanzt hast, geschmückt mit Federn in Deinem Haar und den alten Zeichen auf Deiner Haut. Deine Lippen bewegten sich und das Lied der Erde trug Dich in meine Welt.

Ich war und bin Dein Totem, ich bin der Wolf.

Mein Name ist Asaan. Du und Deine Brüder und Schwestern, ihr gabt uns Euer Versprechen. Die heiligen Kräuter in der alten Pfeife Deines Volkes trugen es in unsere Welt.

Das Versprechen zurückzukehren, zu den Stimmen des Windes und den alten Liedern.

Du wusstest, dass Deine Reise Dich in eine neue Zeit führen würde – in eine Welt in der die Menschen das Lied der Erde nicht mehr hören können. Eine Zeit, in der Du vergessen würdest wer du bist.

Doch auch ich gab Dir mein Versprechen. Bei Dir zu sein, Dich zu begleiten und zu erinnern.Niemals bin ich von Deiner Seite gewichen, zu keiner Zeit habe ich dem Zweifel meine Kraft gegeben.

Jetzt bin ich hier, Asaan, der Wolf.

Und erinnere Dich an den Herzschlag der Erde, den Du einst fühlen konntest. Die alten Bäume, sie sprechen immer noch zu Dir. Du kannst sie hören wenn Du Dein Herz öffnest und Dir erlaubst, Dich mit der anderen Welt wieder zu verbinden.

Du wirst Dich erinnern und die alten Räume wieder betreten. Räume voll unendlicher Schönheit werden Dein Leben bereichern, auf eine Art und Weise wie Du es Dir heute noch nicht vorstellen kannst.

Wir Tiere der Kraft wussten immer, dass Mutter Erde ihre Kinder wieder zu sich rufen würde. Diejenigen, die einst so eng mit ihr verbunden waren, würden zurückkehren und ihr geistiges Erbe wieder erwecken. Sie würden ihren Brüdern und Schwestern helfen, wieder auf dem alten Pfad zu wandeln.

So ist die Zeit für Dich gekommen, um Dich zu verbinden mit der lichten Welt, die Du in Dir trägst. Gehe so oft Du kannst in die freie Natur. Fühle die Erde unter Deinen Füssen und die Zärtlichkeit des Grases. Atme die Schönheit von Mutter Erde in Dich hinein und nimm Dir Zeit sie zu genießen. Lausche den Stimmen des Waldes mit offenem Herzen.

Wenn Du Fragen, Zweifel oder Sorgen hast, so gib sie mir. In der Stille der Wälder wirst Du die Antworten und Lösungen finden.
Wenn Du möchtest, suche Dir einen besonders schönen Platz in der Natur aus und besuche ihn, sooft Du kannst. Vielleicht findest Du einen schönen Stein oder ein Stück Holz, das Du bei Dir tragen kannst. Vertraue dieser Welt und Du wirst Dich erinnern – an das Lied der Erde und an mich.

Ich reise auf dem Herzschlag der Trommel – in Deine Welt, um bei Dir zu sein.

Ich war und bin Dein Totem – Asaan, der Wolf.

# Die Rede des Sonnenadlers

Der Sommer mit seinen heißen Tagen war vorüber und der Wald bereitete sich auf den Herbst vor. Saftige Blätter wandelten ihr sattes Grün in die Farben der auf- und untergehenden Sonne. Die Bäume trugen nun ein buntes, warmes Kleid aus gelben, orangefarbigen und roten Blättern. Manche der Blätter lösten sich von ihren Ästen, fielen auf die Erde, und boten den kleineren Wurzeln Wärme und Schutz vor dem kommenden Winter.

Jedes Jahr wenn die Bäume sich in ein farbliches Feuerwerk verwandelten, fingen die Tiere des Waldes an sich zu versammeln. Sie warteten auf das große Ereignis – auf die Ankunft des Sonnenadlers. Den Bewohnern des Waldes ging es nicht anders als den Menschen. Sie alle hatten ihre Hoffnungen, ihre Sorgen und Ängste. Jeder von ihnen wollte etwas erreichen in seinem Leben und viele der Tiere hatten Angst vor dem nahenden kalten Winter, der die Futtersuche erheblich erschweren würde.

Ein plötzlich aufkommender, starker Wind ließ das bunte Treiben der Tiere verstummen. Das Blätterkleid der alten Bäume formte sich zu riesigen Flügeln die so groß waren, wie der Wald selbst. Diejenigen, die ihren Blick in die Sonne gerichtet hatten, konnten ihn bereits fühlen und sehen – *den Sonnenadler*.

Voller Ehrfurcht sahen die Waldbewohner zu, wie das majestätische Tier sich über den Wald erhob. Die Schwingen des riesigen Vogels breiteten sich aus und eine laute Stimme durchdrang den Wald und die Herzen der versammelten Tiere:

*Ich bin das Licht der Sonne und die Kraft der Erde.*
*Ich bin das Feuer in Euren Herzen und das Wasser in Euren Flüssen.*
*Ich bin die Luft die Ihr atmet und der Wind, der die Wälder bewegt.*
*Ich bin der Schöpfer aller Dinge – Ich bin der Sonnenadler!*
*Ich sehe, die Tiere des Waldes haben mich nicht vergessen. Ihr alle habt Euch auf den Weg gemacht, um meine Worte zu hören. Heute ist ein besonderer Tag für Euch, denn dies wird die letzte Ankunft des Sonnenadlers sein.*

(Ein Raunen ging durch den Wald und die Tiere sahen sich erschrocken und ängstlich an... Was sollte das bedeuten ?)

*Zu allen Zeiten habe ich Euch gesagt das Ihr mein Ebenbild seid. Ihr wurdet geboren mit dem Recht auf Freiheit. Ich gab Euch die Liebe zu Euch selbst und die Kraft Entscheidungen zu treffen. Ihr seid die Schöpfer Eures Lebens. Ihr selbst bestimmt die Größe und die Fülle in Eurem Leben.*

*Ich, der Sonnenadler, war einst einer von Euch. Doch ich habe mich für die Freiheit und das Recht, Schöpfer zu sein, entschieden. Ich formte mein Leben mit meinen Gedanken und nach meinen Entscheidungen.*

*Was nutzt es Euch wenn Ihr mir zuhört und Eure Rechte nicht in Anspruch nehmt? Was nutzt es Euch wenn Ihr Euch klein macht, anstatt Eure wirkliche Größe anzunehmen? Ihr alle habt mich, den Sonnenadler, in Euren Herzen. Jeder von Euch besitzt MEINE Größe, MEINE Stärke und MEINE Schöpferkraft!*

*Entscheidet Euch, was Ihr für ein Leben führen wollt!*

*Ihr hört mir zu, doch hört Ihr auch auf Euch selbst, auf die Stimme in Euren Herzen? Ihr seht mich voller Bewunderung und Respekt an, doch was seht Ihr, wenn Ihr einen Blick in den Spiegel des Wassers werft? Seht Ihr Euch selbst, ein wundervolles, starkes und freies Geschöpf das seinem eigenen Weg folgt?*

*Alles Wissen, was Ihr braucht um ein erfülltes Leben zu führen, tragt Ihr bereits in Euch – hört auf Euch selbst und Ihr werdet frei sein – frei wie ich, der Sonnenadler.*
Mit diesen Worten erhob sich der riesige Vogel und flog in die Sonne zurück.

Im Wald war es still geworden und die Tiere waren nach Hause gegangen. Wie würden sich die Waldbewohner  entscheiden?

Der Sonnenadler hatte in ihre Zukunft gesehen und er sah das Treffen der Tiere im nächsten Jahr: In der Mitte der Menge saß eine Hand voll Tiere, die ihre Worte an die Menge richteten – und sie trugen alle die Kraft des Sonnenadlers in sich!

# Die Schwanenkönigin

Hallo, mein Name ist Joline. Ich freue mich, dass ich jetzt bei Dir bin. Sie hat mir gesagt, dass ich Dich finden werde- sie hat mir so Vieles erzählt... so Vieles, was ich Dir sagen soll, so Vieles, was auch ich Dir erzählen möchte. Aber später mehr dazu.

Zuerst möchte ich mich vorstellen und Dir meine Geschichte erzählen:
Verzeih, wenn ich jetzt schmunzeln muss..., doch heute kommt mir Vieles von früher so unwichtig vor – so weit entfernt – so, als hätte mein Leben damals gar nicht stattgefunden.

Ich bin Joline, eine Schwanenfrau. Ich bin auch eine Prinzessin und eine Königin.
Meine Krone ist aus Gold und sie glitzert in der Sonne.

Doch damals (was übrigens noch gar nicht lange her ist) war alles anders. Ich lebte auf einem großen See, auf einem dunklen See. Das Wasser war schmutzig und die Wellen glitzerten nicht, wenn die Sonne sie berührte. Die, mit denen ich zusammenlebte, waren weggeflogen. Meine Eltern, meine Geschwister und meine Freunde, sie wollten mich und den dunklen See nicht mehr – sie waren einfach gegangen.

Heute weiß ich, dass sie niemals weg waren.

Ich lebte in meiner eigenen, grauen Welt. Für mich waren sie gegangen, weit weg. Weg von mir. Wie konnte man auch einen Schwan lieben, der ein graues Federkleid trug? Der dunkle See war ein Teil von mir geworden.
Auch die Menschen in meiner Heimat waren nicht glücklich, sie hatten ihr Lachen verloren. Sie waren hineingelaufen in meine Welt und sahen mich missmutig und zugleich fragend an.

Bis eines Tages etwas Seltsames geschah:

Morgens, als die Sonne aufging, berührte mich ein Sonnenstrahl. Etwas Warmes schien mich aus meinem Körper zu ziehen und ich flog, höher und höher. Ich fühlte mich plötzlich leicht und unbeschwert. Dort, wo der Himmel sich öffnete und die Sonnenstrahlen hindurchschienen, war ein großes Tor. Die Kraft in meinen Flügeln wurde stärker und ich flog hindurch. Oh, Du wirst nicht glauben was ich sah! Eine Stadt, eine Stadt aus Licht. Bunte, glitzernde Kristalle und Blumen in allen Farben zierten ihre Mauern. Die Stadt mit ihren Häusern und Hallen schien zu leben. Ein fremdartiges und zugleich vertrautes Licht bildete das Herz dieses wunderschönen Ortes.

Als ich das große Tor durchflog, war der graue Mantel von mir abgefallen. Die Leichtigkeit trug mich und führte mich zu einer großen Halle. Von weit her hörte ich eine Stimme, die mit mir zu reden schien.

*Hier siehst Du alles Lichte was die Menschen erschaffen haben und je erschaffen werden. All diese wunderschönen Dinge haben ihren Schöpfer im Menschenreich. Mit ihren Träumen, ihren Vorstellungen und ihrer Liebe haben sie diese Dinge erschaffen und zum Leben erweckt. Wenn sie erkennen, dass sie selbst Schöpfer ihres Lebens sind, werden diese Hallen auf die Erde kommen und Mutter Erde wird in einem neuen Licht erstrahlen!*

Die Stimme schien immer näher zu kommen, als ich in der Mitte der Halle vor einer großen Statue landete.

Es war eine Frauenfigur. Um sie herum wuchsen Rosen, hunderte von blühenden, duftenden Rosen. Sie hatte einen hellblauen Mantel um sich gehüllt, verziert mit goldenen Blumen. Ihre Krone war aus Gold, Gold, das leuchtete wie die Sonne. In ihren Armen trug sie ein Kind, liebevoll eingehüllt in weiße Tücher.

Plötzlich trat aus der Figur eine wunderschöne Frau. Sie war in einfaches, weißes Leinen gewickelt und ihr Lächeln berührte mich tief in meinem Inneren.
In ihren Händen trug sie eine Krone und einen rosafarbenen Stein.

Als sie mich in ihre Arme schloss und mir die Krone aufsetzte, konnte ich mich plötzlich erinnern. Ich kannte diese Frau schon sehr lange. Tränen der Freude rannten über meinen Schnabel und der große Frieden, der sich in mir ausbreitete, ließ mich in ihren Armen einschlafen. Als sie mich mit ihrer zarten Stimme weckte, hatte ich das Gefühl als hätte ich ewig geschlafen.

*Weißt du Joline, viele der Menschen tragen einen grauen Mantel und haben ihn noch nicht abgelegt. Sie wissen nicht, dass das Licht in ihnen wohnt, dass es ein Teil von Ihnen ist. Sie kennen nicht die Größe und die Stärke, die sie besitzen.*

Sie zeigte mir ein Bild von einem Mädchen – ein Mädchen, dessen Augen glitzerten wie die Sterne.

Es waren **Deine** Augen, die ich auf dem Bild gesehen habe !
Und sie sagte:
*Geh zu ihr, gib ihr diesen Stein und lass sie wissen:*

*Auch Du bist ein großes Wesen, auch Du bist eine Königin ! Wenn manche Deiner Tage grau sind, lege den grauen Mantel ab und sieh all die Schönheit und die Freude, die Dich umgeben. Den rosa Stein habe ich lange Zeit über meinem Herzen getragen – ich habe ihn für Dich getragen ! Er ist ein besonderer Stein, so wie Du ein besonderes Wesen bist! Wenn Du möchtest kann er Dir helfen, das Tor zu Deinem Herzen zu öffnen.*
*Ich weiß, dass Du Deinen Weg gehen wirst, mit der ganzen Liebe die Du in Dir trägst – und vielleicht – vielleicht kannst Du anderen Menschen helfen, den grauen Schleier in ihrem Leben abzulegen!*

So flog ich zurück durch das große Tor, hinunter zu meinem See.

Der See lachte mir entgegen, das Wasser war sauber und die Wellen glitzerten wenn das Sonnenlicht sie berührte. Voller Freude begrüßte ich meine Familie und nahm sie in meine Arme. Das Leben hatte mich wieder. Mein Federkleid war schneeweiß und die Menschen die ich traf, lächelten mir entgegen. Deine Augen habe ich gleich wiedererkannt. Auch hier unten, glitzern sie wie die Sterne!

Übrigens, die goldene Krone – ich trage sie nur für Dich, um Dich zu erinnern, an die Worte unserer lieben Frau aus der Lichterstadt...

Es grüßt Dich von Herzen
Joline

# Der Baum der Wunder

Viele Jahre verbrachte ich bei meiner Sippschaft, den Wildgänsen. Wir lebten in großen Verbänden zusammen, gingen auf Futtersuche, brüteten und zogen unseren Nachwuchs auf. Wenn sich im Norden der große Winter ankündigte, folgten wir den uralten Routen unserer Großmütter und flogen nach Süden. Die Sterne und die großen Magnetfelder der Erde führten uns. Auf der Reise in unser neues Quartier überflogen wir Ozeane und die hohen Berge dieser Erde.

Oft rasteten wir in der Nähe von Menschen. Es waren Mütter mit ihren Kindern und ältere Leute, die uns Brot brachten, um uns für die lange Reise zu stärken.

Schon immer besaß ich die Gabe in die Herzen der anderen zu sehen. So sah ich die Wünsche, Ängste und Sorgen von den Besuchern der Menschenwelt. Viele von ihnen, junge und alte, trugen große Lasten auf ihren Schultern. Sie haderten mit ihrem Leben, waren unzufrieden, traurig oder krank. Ich sah fragende Gesichter, die nach einer Lösung suchten – eine Lösung um ein erfüllteres Leben zu führen.

Der Wunsch zu helfen wohnte schon lange Zeit in mir. Seine fordernde Stimme wurde von Jahr zu Jahr lauter. Als ich mich entschloss, Hilfe für die Menschen zu suchen, verließ ich meine Sippschaft und folgte meinem eigenen Weg.

Meine Suche führte mich in ein fremdes Land, tief verborgen und geschützt in den Wäldern von Erduan. Das kleine Volk erzählte mir von einem Baum, dem „Baum der Wunder". Die großen Wächter der Erde wiesen mir den Weg und gaben ihren Segen, den heiligen Baum für die Träume der Menschen zu nutzen.

Der Baum der Wunder war größer, schöner und stattlicher als alle Vertreter seiner Art, die ich je gesehen hatte. Seine silber- und goldfarbenen Blätter waren umringt von einem zarten Glitzern. Um seine Wurzeln wuchsen Blumen von seltener Schönheit. Ihre zarten Blüten waren geöffnet und sahen hinauf – dankbar für den Segen, den der heilige Baum ihnen erteilte. Glitzernde, kleine Elfen waren ständig bemüht ihren großen Freund zu umsorgen.

Am Baum selbst hingen hunderte von kleinen Fahnen, beschriftet mit Wünschen des kleinen Volkes. Sie wehten im Wind und übergaben ihre Worte dem Himmel, der sie weiter in die Erfüllung trug. Die Völker Erduans wussten um ihre Schöpferkraft und nutzten diese um ihre Welt nach ihren Wünschen zu formen.

Tief bewegt von dem wunderschönen Anblick bemerkte ich einen Mann, der plötzlich neben mir stand. Hoch gewachsen, mit blondem Haar, blickte er mich freundlich an und übergab mir eine alte Tasche.

*Wir wissen, dass die Menschen beginnen ihre Schöpferkraft anzunehmen. Geh zu ihnen und hilf den Kindern der Erde ihre Wünsche zu verwirklichen.*

Mit diesen Worten hing er die Tasche über meinen Rücken und verschwand so lautlos wie er gekommen war.

Überglücklich flog ich zurück ins Reich der Menschen. Viele kleine und große Kinder gaben mir ihre Botschaften und Wünsche. Sie schrieben oder malten ihre Vorstellungen von ihrer „Wunschwelt" auf kleine, große, weiße und bunte Papiere.

Als meine Posttasche randvoll war, machte ich mich auf den Weg – zurück in die Wälder von Erduan. Elfen und andere Wesen halfen mir den Baum der Wunder mit den Zetteln, Briefen und Bildern zu behängen.

So flog ich viele Male zu den Menschenkindern – holte die Wünsche – und brachte sie in die andere Welt zurück.

Mit der Fülle der Wünsche begann der Baum plötzlich zu wachsen. Und mit ihm wuchsen auch die bunten Zettel, die an ihm hingen. Aus kleinen Fahnen wurden leuchtende, bunte Banner, die im Wind wehten. Banner, die einst vor den großen Ritterburgen der Menschheit wehten.

Die silbernen und goldenen Blätter des Baumes vervielfältigten sich. Ihr Leuchten tauchte das Umfeld der riesigen Pflanze in eine wie von Sonne und Mond gleichermaßen beschienene Landschaft.

Unter unseren staunenden Blicken begannen die Wünsche der Menschenkinder sich zu verwirklichen. Es entstanden Schulen, in denen die Kinder freudig ihren eigenen Bedürfnissen und Begabungen nachgehen konnten. Die Handwerker unter ihnen setzten ihre neuen Ideen um. Häuser entstanden, in deren Mitte große Bäume wuchsen. Runde Kuppeln aus Glas fügten sich harmonisch in die Landschaft ein. Kunstwerke aller Art wurden erschaffen und die Menschen lebten friedlich miteinander. Keiner wurde von der Gemeinschaft ausgeschlossen, Streit gab es nicht mehr. Die Worte gut und böse verschwanden aus eurem Wortschatz.
Jeder war mit jedem in Freundschaft verbunden und es wurde aus vollem Herzen kreiert und erfunden. Die Pioniere unter den Kindern entwickelten neue Formen der Fortbewegung in Zusammenarbeit mit Mutter Erde und ihren Völkern.

All diese unvorstellbar schönen Dinge wurden erschaffen von EUCH – den Menschenkindern. Je mehr ihr mithelft mit euren Wünschen diese neue Welt zu erschaffen, desto schneller wird sie in das Reich der Menschen kommen.

So besuche ich Dich heute und frage Dich: Wie würde Dein Leben und Deine Welt aussehen, wenn Du es Dir aussuchen könntest? Wenn Du möchtest, nimm ein Stück Papier und male oder schreibe auf, wie Du Dich in DEINER Welt verwirklichen möchtest. Achte darauf, dass Deine Wünsche aus Deinem Herzen kommen.

Dann gib sie mir und hänge sie unter den Magnet an meiner Tasche. Ich werde sie mitnehmen und mit meinen Helfern aufhängen, am Baum der Wunder.

Hab etwas Geduld und glaube fest an Dich und Deine Post.

In großer Vorfreude auf die neue Welt, erschaffen von Kindern,
grüße ich Dich

Serafin, die Wildgans

# Der Traum

Es sind unsere Gedanken, die unsere Worte formen und unser Handeln bestimmen. Die Welt in der wir leben wird erschaffen von uns selbst.

Wir Rehe tragen die Gedanken der Freundlichkeit in uns. Unsere Worte sind wie ein Flüstern – ein Flüstern das überall hörbar ist. Es erreicht alle Welten der Erde – und es erreicht Dich.

Ein Wort das leise, voller Zärtlichkeit und mit Liebe gesprochen wird hat unendlich mal mehr Kraft als laute Worte, die in Ärger oder Zorn gesprochen werden.
So leben wir in der Obhut des Zauberwaldes, in einer Welt voller Zuversicht und Freude – erschaffen von unseren Gedanken und unseren Worten.

Mein Name ist Feline.

Ich sehe Dich, wenn Du uns in unserem Reich besuchen kommst. Unser Wald ist auch Dein Wald.

Ich sehe Dich, wenn Du in den Wäldern spazieren gehst um neue Kraft zu tanken.
Ich sehe Dich, wenn Deine Sinne sich ausdehnen und Du dankbar den Duft des Waldes und der Blumen und Gräser einatmest. Wenn Du bei uns zur Ruhe kommst und für kurze Zeit Deinen Alltag vergisst.

Ich sehe Dich auch in Deiner Welt, wenn Du Lösungen suchst und nicht weißt wie es weitergehen soll. Wenn Du in Deinem Zimmer sitzt und die Angst zu Dir spricht.

Ich sehe Dich und unaufhörlich sende ich Dir mein Flüstern – ein Flüstern voller Zuversicht. Ein Flüstern das Dir sagt:
Vertraue und gehe weiter. Einen Schritt nach dem anderen. Erinnere Dich an die Schattenjäger – sie fliegen für Dich -, die Wildgans und der Baum der Wunder, der Sonnenadler..., sie alle

entstammen meinem Reich. Die „Tiere der Kraft", wie wir sie nennen, haben es sich zur Aufgabe gemacht zu helfen, wann immer sie gerufen werden.

Wenn Du nur sehen könntest, wie groß die Hilfe aus dem geistigen Reich ist. Weiße Flügel, die über Dir sind und Dich immer begleiten auf Deinen Wegen. Auch sie senden Dir ihr Flüstern und tragen Dich, wenn Du nicht mehr alleine gehen kannst.

Es sind die großen Fürsten des Lichtes, die ihr Menschen Engel nennt. Sie sind an Deiner Seite und stets bereit zu helfen, wenn Du sie darum bittest.

Doch allzu oft seid ihr Menschen mit so vielen Dingen beschäftigt, dass ihr nicht hören könnt. So nimm Dir etwas Zeit um zur Ruhe zu kommen, um uns und Deiner eigenen inneren Stimme zu lauschen. Wenn Du Dir jeden Tag nur 10 Minuten der Stille schenkst und einfach bei Dir bist, werden auch wir da sein. Vielleicht entdeckst Du Gedanken oder Ideen, die Dir etwas sagen wollen....

Wenn Du anfängst Gedanken und Worte der Freundlichkeit zu nutzen, wirst Du Dich verändern. Deine Welt wird sich verändern. Sie wird voller Licht und Freude sein, so wie unsere Heimat, der Zauberwald.

**Mein Name ist Feline und ich habe einen Traum:**

In meinem Traum hast Du in den Spiegel Deiner Seele geblickt. Mit einem Lächeln auf Deinen Lippen hast Du Deine Großartigkeit und Deine Schönheit erkannt. Du hast Dich aufgerichtet zu Deiner wahren Größe und zu Dir selbst von ganzem Herzen **ja** gesagt. Die Liebe in Dir erblühte wie eine Blume, deren Duft uns alle einhüllte. Voller Freude blicke ich in die Zukunft.

In eine Zukunft, in der Träume wahr werden!

# Das Lied des Falken

Die Sonne fiel mit ihrem warmen Licht durch die Wolken und malte ein buntes Glitzern auf das satte Grün der Bäume und Wiesen. Der morgendliche Tau lag noch auf den Blättern und die kühle Luft fing an sich in der aufgehenden Sonne zu erwärmen. Es lag wie jeden Morgen etwas Magisches in der Luft, wenn das laute Zwitschern und Singen der Vögel einen neuen Tag ankündigte. Ein Sommertag voller Schönheit öffnete seine Pforten und die Vögel starteten voller Freude ihre Reise in die Weiten des Himmels.

Lennard, ein kleiner Falke, blieb als Einziger auf einer alten Eiche zurück. In dem großen, alten Baum war das Nest seiner Familie und er fühlte sich hier sicher und geborgen. Seine Geschwister waren längst auf die Jagd gegangen und die Eiche wurde zu einem Ort der Stille.

Der kleine Falke war so etwas wie ein Außenseiter geworden. Als kleiner Vogel war er aus dem Nest gefallen und hatte sich einen Flügel verletzt. Die Wunde war längst verheilt, doch der gebrochene Flügel war krumm zusammengewachsen. Er konnte das Geschwätz seiner Geschwister und das der anderen Vögel nicht mehr hören. *Du bist ja gar kein richtiger Falke, ...Du kannst ja nicht mal richtig fliegen,... Wie willst Du so jagen lernen?* So ging das schon, seit er das Nest verlassen hatte.

Lennard wartete bis auch der letzte Vogel außer Sichtweite war – dann machte auch er sich auf den Weg. Auf seinen einsamen Ausflügen hatte er einen Platz voller Schönheit und Harmonie entdeckt. Hinter einem kleinen Wäldchen lag versteckt eine Wiese aus Moos und blühenden, blauen Glockenblumen. Sein geheimer Platz lag im kühlen Schatten und manchmal verirrte sich ein Bündel Sonnenstrahlen dorthin. Die Luft stand dort niemals still, sie bewegte sich wie die Wellen im großen Ozean.

Als Lennard sein Ziel fast erreicht hatte, schloß er seine Augen und öffnete sich für die Magie dieses Ortes...Denn dieser Platz hatte etwas wahrhaft Magisches... etwas, was er niemanden erzählen konnte: Er hörte ein Lied, das schönste Lied das er je gehört hatte. Aber das war noch nicht alles, er konnte diese Musik **fühlen**!

Mit geschlossenen Augen ließ der Falke sich von den Winden tragen, er segelte blind und die Musik trug und leitete ihn. Er landete inmitten der Glockenblumen und öffnete die Augen. Hier war er zu Hause, hier war er glücklich. Dieses Lied hüllte nicht nur ihn, sondern den ganzen Ort ein. Die Blumen hatten schon alle ihre Kelche geöffnet und Lennard legte sich glücklich ins kühle Moos. Hier konnte er **er selbst** sein, die Musik würde ihn tragen und lenken. Er konnte sich selbst vertrauen, blind Sturzflüge ausführen, und er wusste, er konnte sich diesen wundervollen Tönen ganz anvertrauen. Lennard war sich sicher, dass die Musik aus den wunderschön geformten Kelchen der Glockenblumen kam. Bewundernd betrachtete er die schönen Blumen und atmete ihren zarten Duft ein.

Wie gerne würde er diesen Ort seiner Familie zeigen, wie gerne würde er all das hier mit jemandem teilen! Der kleine Falke erschrak, noch nie hatte er hier einen so traurigen Gedanken gehabt. Sollte er ganz hier bleiben und nicht mehr zu den anderen zurückkehren? Lennard wusste keine Antwort. Während er wieder und wieder in seinen Gedanken eine Lösung suchte, formte sich die Musik in seinem Inneren zu einem leisen, kaum hörbaren Flüstern. Eine unendlich zarte Stimme begann zu ihm zu sprechen, während der kleine Vogel in einen tiefen Schlaf fiel:

*Lennard, die Musik die Dich an diesem Ort umgibt gehört zu DIR, sie ist das Lied Deines Herzens! Du kannst sie immer dann hören, wenn Du ganz mit Dir selbst verbunden bist – wenn Du Dir vertraust, wo auch immer Du bist, was auch immer Du tust – wenn Du Dich selbst liebst und Dich voll anerkennst, so wie Du bist – dann bist Du in der Liebe zu dir selbst und zu allem was ist.*

Ganz langsam erwachte der Falke aus seinem Schlaf und er konnte die Bedeutung der gehörten Worte in sich fühlen und verstehen. Wie verzaubert blieb er im kühlen Moos sitzen und betrachtete staunend sein Umfeld. Die leise Stimme in ihm hatte recht. Er war kein gewöhnlicher Falke, er war anders als alle anderen. Und doch konnte er überall glücklich sein, wenn er sich selbst nur lieben und akzeptieren könnte...

Ohne weiter nachzudenken breitete Lennard seine Flügel aus und ließ sich von den Winden in die Höhe tragen. Instinktiv traf er eine kühne Entscheidung: Er würde das Lied seines Herzens, die Liebe zu sich selbst und die Magie dieses Ortes mit nach Hause zu seinen Geschwistern nehmen. Der kleine Vogel nahm all seinen Mut zusammen und machte sich auf den Weg.

Auf dem Flug zur Eiche konnte er es hören und fühlen – das Lied das ihn heim trug. Voller Vertrauen schloss er die Augen und überließ sich den wundervollen Tönen, die ihn leiteten. Wie Du Dir schon denken kannst, lieber Leser, hatte Lennard innerhalb kurzer Zeit die Liebe und Anerkennung vieler Vögel gewonnen – er wurde ein Ratgeber für andere und half vielen, ihr eigenes Lied zu finden.

Solltest Du einmal in eine Situation geraten in der Du nicht weißt, wie es weitergehen soll – so schließe Deine Augen und denke an den kleinen Falken:

*Vertraue Dir selbst, was immer Du tust, wo auch immer Du bist. Liebe und akzeptiere Dich so wie DU BIST. Finde Dein Zuhause in Dir, dann wirst Du für immer glücklich sein.*

# Es lebe die Freiheit!

Sei gegrüßt, mein Name ist Leopold.

Wie Du unschwer erkennen kannst, bin ich ein Papagei. Mein Gefieder trägt das Gelb der Sonne und das Blau des großen Himmels in dem ich lebe. Ich bin in Freiheit geboren und verbringe viele Stunden des Tages im großen Blau des Himmels.
Es gibt nichts schöneres und nichts wichtigeres für einen Vogel als die Freiheit. Die Flügel auszubreiten, sich von den Winden tragen zu lassen und zu segeln. Sich ohne Anstrengung einfach in den Weiten des Himmels treiben zu lassen....
Kennst Du das Gefühl? Einfach frei zu sein?

Nein?
Dann wird es langsam aber sicher Zeit, dies zu ändern – denn das ist der Grund, warum ich jetzt bei Dir bin!

Die Menschen haben ja manchmal komische Anwandlungen... Sie denken an etwas, was sie gerne tun möchten, reden darüber – tun es aber nicht!
Oder sie denken darüber nach, was andere Menschen über sie denken, denken weiter und tun dann das was die anderen Menschen denken!

Sei mir nicht böse, wenn ich jetzt vor Lachen laut loskreischen muß... Ich bin und bleibe ein Papagei. Vielleicht weißt Du ja, was man uns bunten, herrlichen Tieren nachsagt:
Sie können Ihren Schnabel einfach nicht halten, unentwegt müssen sie einem alles nachplappern.

Genau, so ist das. Und es hat auch seinen Grund – wir zeigen Euch, wie Ihr selbst seid!

Nur wenige von Euch richten sich nach den wirklichen Wünschen die Ihr in Euch tragt. Oft genug mischt sich die Stimme aus Euren Köpfen ein, die Euch erzählt: das kann ich ja sowieso nicht, oder: ich bin eh zu dumm dazu!

Die meisten Menschen orientieren sich an anderen Menschen, an denen, die ihren Weg schon erfolgreich gegangen sind. Oft sind es Männer und Frauen die für Euch etwas tolles darstellen, in der Öffentlichkeit stehen und für andere ein Vorbild sind.

Natürlich ist nichts falsches daran, ein Vorbild zu haben. Nur solltest Du so ehrlich sein und mal in Dich selbst hineinschauen. Nachschauen, was Du wirklich möchtest, darüber nachdenken und es dann auch in die Tat umsetzen.

Vielleicht finden viele Deiner Freunde einen berühmten Fußballspieler toll – und dann wollen alle natürlich auch ein berühmter Fußballspieler werden. Vielleicht möchtest Du dann auch ein berühmter Fußballspieler werden? Was aber wenn Du tief in Deinem Herzen ganz neue Ideen hast? Wenn Du etwas verändern möchtest in dieser Welt? Möglicherweise weißt Du um viele Dinge, die aus dem Gleichgewicht geraten sind und Du hast Ideen diese Dinge für Dich und die Menschheit neu zu erschaffen.

Was tust Du dann? Denkst Du dann im Inneren über Deine Ideen nach und redest im Außen über den Fußballspieler?

Oder nimmst Du Deinen ganzen Mut zusammen und versuchst Deine Ideen in die Tat umzusetzen? Was, wenn die anderen Dich auslachen?

Ich verrate Dir ein Geheimnis:

Wenn Du anfängst, zu einhundert Prozent hinter Dir und Deinen Ideen zu stehen – wenn Du das, was Du möchtest, wirklich in die Tat umsetzt , so wirst Du automatisch ein Vorbild für andere. Wenn sie sehen, wie mutig Du zu Deinen Überzeugungen stehst, (wie sonderbar sie auch immer sein mögen) werden sie insgeheim zu Dir aufsehen. Sie werden sich wünschen, auch ihren eigenen Weg zu gehen.

Sollte es Menschen geben, die über Dich lachen – so lache mit ihnen. Sei ihnen nicht böse, denn jeder hat das Recht auch Umwege zu gehen.

Weißt Du, viele Menschen trauen sich nicht zu sagen, was sie denken, aus Angst es könnte anderen nicht gefallen. Was aber, wenn es für wieder andere so wichtig ist, wenn sie hören was Du wirklich denkst ? Vielleicht animierst Du andere damit, dass auch sie sich trauen, ihre eigene Meinung zu sagen!

Wenn Du die Wünsche und Gedanken in Deinem Herzen verneinst, gehst Du in die Abhängigkeit und wirst ein Spielball für andere.

Folgst Du Deinen inneren Impulsen und Ideen, gehst du in Richtung Freiheit. Die innere Freiheit wird Dein äußeres Leben für immer verändern. Du wirst sehen, wie schön es ist, die Flügel auszubreiten und mit den Winden zu segeln.

Nutze die Freiheit, denn sie ist ein Geschenk des Himmels!

Immer an Deiner Seite,
Leopold

# Der Wald

**M**einem Wesen wohnt ein großer Zauber inne. Ein Zauber der meine verschiedenen Welten durchwebt, ein Zauber den auch Du fühlen kannst.

Ich bin der Bauch der Mutter Erde. Sie atmet durch mich und sie lächelt durch ihre Kinder. Ich bin der Tempel der alten Götter, ich bin der Wald.

Wenn das Licht der Sonne durch das Blätterwerk meiner Bäume fällt und die Erde berührt, dann kannst Du sie sehen, die Magie des Waldes.

Silberne, kleine, glitzernde Kugeln schweben durch die Luft und werfen das Licht der Sonne in jeden Winkel von mir. Auch das Wasser, das seine Bahnen durch meine Welt zieht, reflektiert das Licht. Es gibt es weiter an die verschiedenen Tiere, Pflanzen und deren Wesenheiten. Sie freuen sich über die Kraft der Sonne, ihre Wärme und ihren Zauber.

Wenn der Frühling in mir ausbricht, bringt die Sonne mich zum Blühen. Bäume, Sträucher und Blumen zeigen sich in ihrer bunten Pracht und ich erwache aus meinem Winterschlaf. Die große Stille weicht dem neuen Leben.

Auch das Reich der Tiere verändert sich. Die Hirsche, die stolz und mächtig ihre Geweihe tragen, suchen sich ihre Gefährtinnen und bringen neues Leben hervor. Ihr lautes Rufen hallt durch mein Reich und verkündet den Welten ihre Stärke und ihren Anspruch. Den Anspruch auf ihren Platz und ihre Wahl.

Wenn Du einen Hirsch in freier Wildbahn beobachtest, wirst Du seine innere Kraft sehen und fühlen können. Die anmutige und kraftvolle Haltung seines Hauptes zeigt Dir seine Willensstärke und sein Wissen. Er weiß um seine Kraft und er weiß, dass er seinen Anspruch behaupten wird. Niemals wird er zulassen, dass die Grenzen, die er gesteckt hat, von jemandem überschritten werden. So ist er der alleinige Herrscher in seinem Reich. Er alleine entscheidet, wen er in sein Revier lässt und wen nicht. Der Hirsch ist der Herr meiner Wälder so wie Du der Herr über deine Welt sein solltest.

Du bist geboren in Deiner Familie – die Familie die Du Dir erwählt hast. Das Leben, das Du Dir ausgesucht hast, ist Dein Platz. Diesen Raum gilt es zu schützen und zu achten. Ob Du Deinem Reich Grenzen setzt und wen Du hineinlässt und wen nicht, ist alleine Deine Entscheidung.

Wenn ein Mensch verletzt wird, werden seine Grenzen missachtet. Wenn Du andere verletzt, so missachtest Du deren Grenzen – und das Echo aus dem Feld Deiner Schatten wird zu Dir zurückkehren. Was man sät, das erntet man.

So sieh Dir das Verhalten der Menschen an, die mit Dir sind. Sind sie mit Dir in Respekt und Achtung verbunden, oder missachten sie Deine Grenzen?
Wenn es nicht gewollte Übergriffe von Anderen gibt (welcher Art auch immer), so stecke Deine Grenzen neu. Treffe ganz bewusst die Entscheidung, Deinen Raum zu schützen und keinerlei Übergriffe mehr zuzulassen. Diese Entscheidung wird Dein Gegenüber fühlen und Du wirst nicht kämpfen müssen, um Deinen Raum zu verteidigen.

Wenn es etwas gibt, das Du ändern möchtest in Deinem Leben, so male oder schreibe es auf ein Blatt Papier und gib es mir. Meinem Reich wohnt ein großer Zauber inne. Die Welt der Tiergeister wird Deinen Ruf hören und Du wirst die Antworten erhalten.

Verbinde Dich mit der Kraft des Hirsches und er wird an Deiner Seite sein und Dir helfen, Deine Grenzen zu halten. Sei Dir bewusst über die Kraft, die in Dir wohnt. Wenn Du die Entscheidung triffst, Deine Grenzen neu zu setzen, wird sich Dein Raum ausfüllen mit eben dieser Kraft – und diese wird sich ausbreiten und wie ein Teppich um Dich und Deine Welt legen. Menschen, die mit Dir in Freundschaft verbunden sind, werden diese Grenzen achten und respektieren.

Ich bin der Wald und ich richte meinen Blick auf Dich:
Ich sehe Deine Großartigkeit, Deine Schönheit und Deine Kraft. All diese Dinge, die der Hirsch in sich trägt, sehe ich auch in Dir!

Der Herr der Wälder ist sich selbst der beste Freund. So lerne von diesem erhabenen und schönen Tier. Nutze seine Eigenschaften und die Gaben, die er für Dich bereit hält.

Jede Reise beginnt mit dem ersten Schritt. So gib ab, was Dich belastet, nutze die Kraft der Gedanken und das Wesen der Freundlichkeit. Die Helfer der geistigen Welt stehen bereit und warten auf Deinen Ruf, damit sie Dir zur Seite eilen können.

Wenn Du bereit bist die Reise zu Dir selbst anzutreten, so freue Dich auf wunderbare Abenteuer, die Du erleben wirst...

Ich weiß, die Zukunft wird Dich in meine Welt führen und Du wirst sie sehen und erleben – die Magie des Waldes.

Ich bin der Tempel der alten Götter – ich bin der Wald.

# Besuch in der Anderswelt

Nachts, wenn Du in Deinen Träumen zu mir kommst, hast Du sie verloren – die Schatten. Die grenzenlose Freude unseres Wiedersehens hat ihnen ihre Macht genommen.

Du und ich – wir sind Freunde, Gefährten und Vertraute, seit vielen Leben. Ich habe Dich getragen, durch alle Welten. Auch das Land der Ängste, des feurigen Vulkans, konnte uns nicht aufhalten. Wir haben es durchquert, Du und ich.

Rohan war zu jeder Zeit bei uns. Mit seinen wachen Augen führte uns der Jäger durch die Ebenen der Dunkelheit. Wir haben den Schatten ins Gesicht gesehen und so begann der große Wandel. Inmitten der Wolken aus glühender Asche wurde das Licht geboren. Der Sturm verging und wir betraten ein neues Land.

Kannst Du Dich erinnern?

Wir sind hineingelaufen in die lichten Welten voller Schönheit – königliche Wiesen und Täler, bestehend aus leuchtenden Farben und warmen Lichtern. Die pure Freude pulsierte durch unsere Adern und wir galoppierten der Sonne entgegen.

Ich weiß, wenn ein neuer Tag für Dich beginnt, verblasst die Erinnerung an uns. Die erlebten Abenteuer ziehen sich in unsere Ebenen zurück und warten auf ein Wiedersehen. Und doch – sind unsere Welten eins. Du kannst uns besuchen, zu jeder Zeit, wenn Du dies möchtest.

Versuch es, schließe Deine Augen und stell Dir vor:

Ich trage Dich auf meinem Rücken – die rote Kraft, die meine Adern durchströmt, die mein Herz pulsieren lässt – die Kraft die in meinen Muskeln fliest wenn ich durch die Welten jage – sie geht jetzt über in meinen Reiter, in Dich.

Fühle, wie sie durch deine Beine in Deinen Körper eintritt und sich langsam in Dir ausbreitet.

In Deinem Brustkorb entfacht sie ein Feuer, ein Licht, dass sich niemals gegen Dich wenden wird – es ist ein Teil von Dir.

Während sich die rote Kraft immer mehr in Dir ausbreitet, beginnst Du zu wachsen und entdeckst eine ungeahnte Kraft in Dir. In der Ebene der Schatten tobt ein Sturm. Der feurige Staub des Vulkans nimmt dir die Sicht und die Orientierung. Du weißt nicht wohin die Reise geht und was Dich erwartet.

Die Kraft in Dir wird stärker und stärker und Du fühlst, wie das Feuer in Deiner Brust Dich wärmt und schützt. Und plötzlich beginnst Du es zu fühlen, das grenzenlose Vertrauen, das sich in Dir ausbreitet. Du weißt, Deine innere Stimme wird Dich führen und lenken.

Ohne zu zögern reitest Du hinein in den Sturm. Über Dir hörst Du den Schrei des Jägers, der uns den Weg weist. Voller Zuversicht durchqueren wir den Vulkan, hinein in die lichten Welten voller Schönheit.

Erst jetzt bemerkst Du, dass Du einen Schild in Deiner Hand hälst. Bemalt mit den Zeichen der Erde und übersät mit uralten Schriften, glänzt er in der Sonne.
Und Du hältst ihn hoch, dem Licht entgegen. Du hast die Schatten besiegt – mit dem Vertrauen zu Dir selbst und mit der roten Kraft der Erde, die Dir immer zur Verfügung steht.

Der friedvolle Krieger in Dir strahlt mir aus Deinen Augen entgegen und voller Stolz kehrst Du langsam in Deine Welt zurück.

So atme tief in Deinen Körper hinein und wisse:

Die rote Kraft und das grenzenlose Vertrauen werden ab jetzt immer bei Dir sein. Die Stimme in Deinem Herzen wird Dich führen und leiten, was auch immer Du tust, wo auch immer Du bist.

Voller Stolz blicken wir auf Dich und freuen uns auf ein Wiedersehen.
Wir sind Freunde, Gefährten und Vertraute – seit vielen Leben.

# Die große Liebe

Unser Zuhause war ein kleiner Seerosenteich. Hier wuchsen die schönsten Blumen, die Du Dir vorstellen kannst. Ihre Farben waren so unterschiedlich wie unsere, die der Kolibris. Meine Familie trug die Farben blau und grün. Amara, unsere Mutter, nannte uns die Wasserkolibris, denn unser Gefieder glänzte in der Sonne, wie die Farben des Wassers.

Wir Kinder liebten das Wasser sehr. Stundenlang spielten wir mit der Welt der Spiegelbilder, den kleinen Fischen und anderen Wasserwesen.

Abends, wenn wir müde vom Spielen in unser Nest flogen, erzählte uns Amara Geschichten. Eigentlich war es immer die selbe Geschichte, in verschiedenen Formen. Sie erzählte von der Liebe, von der großen Liebe. Ein jeder von uns Kindern würde sie irgendwann finden – jeder auf seine eigene Art und Weise.

Manchmal erzählte sie auch Dinge von den Menschen und vom Regenbogenland. Ein Land voller Schönheit in dem sich Mensch und Tier treffen, um ihre große Reise fortzusetzen.

Ich kann mich noch gut erinnern, wie ihre Augen geheimnisvoll glänzten, wenn sie vom Land der vielen Farben sprach. So, als wäre sie schon oft dortgewesen.
So lebten wir lange Zeit glücklich am Seerosenteich. Auf die Sommertage folgte der Herbst und der kalte Winter, begleitet von der Vorfreude auf den kommenden Frühling.

Wir erlebten unbeschwerte Zeiten, bis der Tag kam als Amara ging. Sie ließ ihren Körper zurück und ging weiter, in das Land der vielen Farben. Die Traurigkeit von uns Kindern löste sich auf in dem Wissen, dass unsere Mutter im Regenbogenland war. So ließen wir sie gehen und mit ihr unsere Wünsche, sie wiederzusehen.

Einige Zeit später entschloss ich mich auf die Suche zu gehen. Die große Liebe, von der Amara so viel erzählt hatte, ich wollte sie finden. Die Geschichten meiner Kindheit wurden wieder lebendig und begleiteten mich.

Meine Reise führte mich bis hin zum großen Wasser, das die Menschen Meer nennen. Als ich die großen Wellen überflog musste ich an die Worte meiner Mutter denken:
*Wenn Du traurig oder krank bist, verbinde Dich mit dem Element Wasser – es wird Deine Tränen trocknen und Deine Seele heilen. Frage den Geist des Wassers um Rat und er wird Dir helfen!*

So bat ich das Wasser um Führung und setzte meine Reise fort.
Lange Zeit flog ich an der Küste entlang, über Berge und Täler. Ich traf die unterschiedlichsten Tiere, schloss Freundschaften und wurde gejagt und verfolgt. Die schönen Dinge, die mir begegneten, wechselten sich ab mit den weniger schönen. Doch die große Liebe blieb aus – ich konnte sie nicht finden.

Als auch die anderen Tiere die ich traf, keinen Rat wussten, entschloss ich mich wieder auf den Heimweg zu machen. Enttäuscht dachte ich an die vielen Geschichten, die so lebendig in mir waren.

Auf meinem Heimweg flog in den Weg zurück am großen Wasser entlang, über Berge und Täler. An meinen Rastplätzen traf ich auf alte Bekannte und die Sehnsucht nach Hause wurde größer und größer.

Kurz bevor ich zu Hause ankam, verdunkelte sich der Himmel. Blitze rasten an mir vorbei und die lauten Donnerschläge füllten mich mit Angst und Entsetzen. Das Gewitter war direkt über mir und sah mich drohend an.

Als ich schon beim Landeanflug auf meinen See war, geschah es:
Die Winde der Gewitterfront nahmen mich in ihren Besitz und schleuderten mich Richtung Erde. Ich verlor die Kontrolle und das Bewusstsein.

Verwundert bemerkte ich einige Zeit später, dass ich im Wasser war.

Eine Wasserwelt aus warmen, bunten Lichtern nahm mich in ihre Obhut. Sie hüllte mich ein in ihren Glanz, in ihre Schönheit. Einzelne Wassertropfen waren gefüllt mit bunten Mustern – lebendige, kleine Welten, die ihre Bewohner sanft einhüllten.

Der Geist des Wassers war in mir und um mich, er zeigte mir ein Reich bestehend aus Licht und Lebendigkeit.

Aus der Tiefe tauchten Wasserwesen in Vogelgestalt auf. Sie trugen ein Kleid aus den Farben des Regenbogens. Mein Herz begann vor Freude überzulaufen, als ich meinen Blick nach oben richtete. Sie hatte ihre Flügel über mir ausgebreitet und ihr Federkleid war überzogen von dem Leuchten des Regenbogens – Amara.
Unsere Blicke trafen sich in der unendlich großen Liebe des Regenbogenlandes. Hier also waren sie, die Seelen der Tiere und Menschen, um ihre große Reise fortzusetzen.

In diesem Augenblick hörte ich Stimmen die mir vertraut waren. Sie zogen mich hinaus aus dieser wunderschönen Welt.
Wenig später lag ich auf einem Seerosenblatt und meine Geschwister sahen mich voller Sorge an.

Das Regenbogenland hatte ich verlassen – doch die große Liebe, die hatte ich mitgenommen.

Heute weiß ich, dass nichts auf dieser Welt je verloren geht. Jeder von uns wird geboren und geht weiter auf seiner großen Reise. Die Schönheit dieses Landes hat mir ein tiefes Vertrauen geschenkt, ein Vertrauen in das Leben selbst.

Amara hatte Recht gehabt als sie sagte:
*Ein jeder von Euch wird sie irgendwann finden, die große Liebe.*

# Das Paradies

Wie sollte sich eine unscheinbare, dunkle Raupe in ein wunderschönes, leuchtendes Wesen verwandeln können? Man könnte meinen so etwas ist nicht möglich. Doch ich sage Dir: es ist möglich und es ist wahr. Geboren als ein klebriges, kleines und unscheinbares Wesen folgte ich meinen inneren Impulsen und durchlief die Stadien meiner Wandlung.

Das Resultat kannst Du sehen, wenn Du mich anschaust.

Bin ich nicht wunderschön?
Bin ich nicht frei wie die Vögel im Himmel?

Die Farben meiner Flügel sind bedeckt von einem zarten Glitzern. Es ist der Staub der Elfen der unseren Flügeln ein feines Leuchten schenkt und ein Muster darauf gemalt hat. Ein Muster, das wir Falter das magische Auge nennen.

Bei Tag lockt mich die Sonne in das Reich der Blumen und deren Blüten. So schwebe ich auch in die Nähe der Menschen, in ihre Gärten und Häuser. Meistens sind es Kinder die mich entdecken und bewundern. Dann beginnt die Magie auf meinen Flügeln zu wirken und zu ihnen zu sprechen.

*Seht den großen Wandel den ich durchlaufen habe, seht welche Schönheit er hervorgebracht hat!*

Und meine Magie lässt die Kinder tief in sich selbst hineinschauen. Dort wo ihre eigene Kraft am wirken und am wachsen ist.
Es gibt nichts, das nicht möglich ist!

Jeder Mensch, so dunkel seine Vorgeschichte auch sein mag – wird sich irgendwann in ein leuchtendes, reines und freies Wesen verwandeln. Ein Wesen ohne Angst – ein Mensch der in vollkommener Schönheit und Freiheit lebt.

Jeder auf diesem Planten durchläuft seine eigene Wandlung. Tiere wie ich und Menschen wie Du. Auch unsere Mutter Erde geht ihren eigenen Weg. Hole Dir die Bilder der Erde vor Dein geistiges Auge und betrachte sie. Schau Dir die Wälder an mit ihren Pflanzen und Tieren, die Seen, Flüsse und Meere. Sieh die Vielfalt des Tierreiches und die Schönheit der verschiedenen Pflanzen – das Licht der Sonne und das zarte Schimmern des Mondes.

Doch wie sollte sich ein Ort von solcher Schönheit noch verwandeln wollen?

Ich werde es Dir sagen. Mutter Erde wird sich in ein Paradies verwandeln. Und Du wirst in diesem Paradies leben.

Du bist wie eine Pflanze die in der Erde wächst. Verändert sich diese Erde, wirst Du Dich mit ihr verändern. Wie schnell Du wachsen wirst und in welchen Farben diese Pflanze blühen wird, hängt von Dir selbst ab.

Möchtest Du, dass die Farben Deiner Blüten leuchten wie die des Regenbogens? Willst Du über Dich selbst hinauswachsen und Dich aufrichten zu Deiner wahren Größe?

Oder wählst Du lieber ein unscheinbares, kleines Blümchen das im Schatten einer Mauer wächst?

Entscheide Dich wer Du sein möchtest und richte Deine Aufmerksamkeit auf dieses Ziel. Du wirst es nicht verfehlen!

Wenn Du Gedanken in Dir hast die Deinen Wachstum verhindern wollen – gib sie mir. Schreibe oder male sie auf ein Blatt Papier und hefte sie an das leuchtende Muster welches der Elfenstaub mir geschenkt hat.

Meine Magie wandelt Angst in Vertrauen und Dunkelheit in Licht!
Möge das Licht der Sonne Dich hineinlocken in meine Welt und Deine Augen öffnen für den Reichtum der in ihr wohnt.

*Ein unbekannter Falter aus der Familie der Schmetterlinge.*

# Azrael und die Macht der Gedanken

**E**s hatte die ganze Nacht geregnet und dichter Nebel hing über dem kleinen Örtchen am Rande des Waldes. Dementsprechend war Azraels Laune, der niedergeschlagen und wütend auf dem Kirchturm saß.

Seit über einer Stunde wartete der Rabenvogel auf seinen Freund, mit dem er hier verabredet war. Ranjo und er waren schon sehr lange befreundet und sie unternahmen fast alles gemeinsam – bis zu dem Tag als Ranjo Freundschaft mit einem Menschenjungen schloss.

Jetzt saß er dort unten in einem Vorgarten auf der Schulter eines Jungen und lernte bereitwillig irgendwelche Kunststücke.

Seit Monaten träumten die zwei Raben davon, sich einem Menschen anzuschließen. Sie waren neugierig und malten sich stundenlang aus, wie es wohl wäre, mit den Menschen zusammen zu leben.

Je länger er wartete und darüber nachdachte, dass nur sein Freund es geschafft hatte, desto wütender wurde Azrael. Beleidigt und tief verletzt machte er sich auf Futtersuche und flog in Richtung der Felder, die am Rande des Ortes lagen. Dort trafen sich die zwei Freunde oft, denn hier gab es viele Gräser, deren Samen ihre Leibspeise waren. Die Felder leuchteten Azrael entgegen, die aufgehende Sonne hatte sie in ein warmes, goldenes Licht gehüllt.

Der Rabe konnte von oben den Wind sehen, der die Gräser wie Wellen bewegte, und sein Gemüt beruhigte sich allmählich. Er landete auf einem seiner Lieblingsplätze und begann zu fressen. Die Körner und Samen schmeckten köstlich, außer ihm war niemand zu sehen.

*Azrael, hast Du die Magie des Lebens vergessen?*

Der Rabe kannte diese Stimme nur zu gut. Es war Eliana, die Herrin der Gräser. Man konnte ihr nicht entgehen, es sei denn, man saß oben auf dem Kirchturm. Die Gräser waren überall und somit war Eliana allgegenwärtig. Sie wusste alles und es machte keinen Sinn ihr irgendetwas zu verheimlichen. Azrael antwortete nicht und ließ traurig den Kopf hängen.

Die Herrin der Gräser sah den sorgenvollen Blick des Raben und sprach weiter:

*Warst Du jemals überzeugt davon, Du würdest Freundschaft mit einem Menschen schließen? War es Deine Idee oder die von Ranjo? Dein Freund hat fest an sein Vorhaben geglaubt, er war sich sicher, dass sich sein Wunsch erfüllt – er konnte die Nähe dieses Jungen bereits fühlen!*

*Gedanken, Azrael, sind wie die Samen meiner Gräser. Wenn sie erst ausgesät sind, kann sie keiner mehr aufhalten. Sie suchen sich mit ungeheurer Kraft den Weg durch die Erde, ihre Wurzeln wachsen tief hinunter ins Erdreich. Selbst wenn man sie an der Oberfläche abpflückt, wachsen sie nach.*

*So achte darauf, mein Freund: was du sähst, wirst Du ernten!*

*Die Gedanken die Du in Dir hast, rufen laut: Ich kann das nicht!....das schaffe ich nie!....ich bin nicht gut genug!*

*Azrael, wenn du solche Gedanken sähst, wie soll daraus jemals eine glückliche Zukunft für Dich wachsen?*

*Pflüge das Feld in Deinem Inneren um und sähe Deine Gedanken neu aus. Benutze positive Gedanken voller Kraft, Mut und Schönheit. Vorher aber frage Dein Herz, was Deine WIRKLICHEN Wünsche sind!*

Die Worte Elianas trafen Azrael tief in seinem Inneren. Die „Magie des Lebens", wie die Raben die Kraft der Gedanken nannten, war ihm wohl bekannt. Schon als Nestflüchter bekamen die jungen Vögel Geschichten über diese alte Weisheit erzählt.

Vor lauter Eifersucht auf Ranjo und Wut über sich selbst, hatte er die alte Magie vergessen. „Pflüge dein inneres Feld um und beginne neu zu sähen" – Azrael wiederholte die Worte Elianas wieder und wieder. Was wollte er wirklich in seinem Leben? Was waren die tiefsten Wünsche in seinem Herzen?

Der Gesichtsausdruck des Raben erhellte sich und er wusste was zu tun war. Voller Anmut erhob sich Azrael in die Lüfte und flog lachend davon.

Wir haben den Raben nicht mehr gesehen und wissen nicht, wie die Wünsche in seinem Herzen aussahen.

Später erzählte uns die Herrin der Gräser, Azrael habe eine Schule gegründet und er habe noch große Pläne.....mehr hat sie uns leider nicht erzählt!

# Der Fluss des Lebens

**W**enn man die Erde von oben betrachtet sieht man ein Kunstwerk von Wasserstraßen. Sie entspringen verschiedenen Quellen, Quellen, die den Saft der Mutter Erde an die Oberfläche tragen. Hunderte von kleinen Bächen münden in größere, und vereinen sich. Die kleinen Wasserstraßen treffen sich und fließen in die großen Flüsse. Jeder von ihnen besitzt einen Namen und die Wassermassen drängen sich beständig vorwärts. Ihr Ziel sind die Meere dieser Erde. Dort verlieren sie ihre Namen und kehren zurück zu ihrem Ursprung. Wieder gelangen sie in das riesige Gewässer der Meere und erneut entspringen sie aus kleinen Quellen.

So entsteht ein Kreislauf der immer wieder von neuem beginnt.

Er ist wie das Leben. Wir werden geboren und folgen dem Fluss des Lebens. Am Ziel angekommen tauchen wir wieder ein in die Heimat des Geistes. Sofern es unserem Wunsch entspricht, werden wir erneut einen Platz auf der Erde einnehmen – und wieder ist es der Fluss des Lebens dem wir folgen werden.
Man nennt mich den Großvater-Vogel.

Lange Zeit lebte und lernte ich auf Deinem Planeten. Heute ist meine Heimat das geistige Reich und ich möchte Dich teilhaben lassen an meiner Geschichte.
Das Leben auf der Erde schenkte mir viele Erfahrungen. Trotzdem brauchte ich unendlich lange Zeit, um zu verstehen.

Ich genoss das Leben sehr. Der Fluss des Lebens schenkte mir Eltern, einen schönen Geburtsort, Freunde und vieles mehr. Ich war mit all dem einverstanden und mein Dasein war schön. Doch manchmal versucht das Leben uns etwas zu lehren und es geschehen Dinge, die wir nicht wollen. Dinge, die außerhalb unserer Macht liegen.

So traf mich das Schicksal, wie ihr Menschen es nennt. Und lange Zeit war ich nicht mehr einverstanden. Ich konnte und wollte die Dinge die geschehen waren nicht akzeptieren.

Mein Weg wurde schwer. Ich fing an gegen den Fluss des Lebens zu kämpfen. Mein Kampf führte mich in unendliches Leid und in die Traurigkeit.

Wenn das Leben eine Türe schließt, so öffnet es immer eine neue. In dieser Türe liegen die Erkenntnis und die Erlösung.

Doch ich konnte die nächste Türe nicht sehen – mein Kampf gegen das Wasser war noch nicht zu Ende.

Warst Du schon einmal in einem Fluss baden? Hast Du jemals versucht gegen die Strömung zu schwimmen? Wenn ja, wirst Du verstehen, dass ich meinen Kampf nicht gewinnen konnte.

Ich kämpfte, bis meine Kräfte zu Ende waren. Erst in der völligen Erschöpfung erkannte ich, dass ich gegen mich selbst kämpfte. Und so begann ich mich dem Fluss des Lebens wieder anzuschließen.

Er trug mich sanft und dennoch kraftvoll in die richtige Richtung. Ich schloss Frieden mit meinem Schicksal und war einverstanden – einverstanden mit meinem Weg.

Das Leben hatte schon vor langer Zeit eine neue Türe für mich geöffnet, die ich jetzt erkennen konnte. Das Glück, die Freude und die Liebe schwammen jetzt mit mir – und ich begann den Fluss des Lebens zu lieben. Er beschenkte mich auf so vielfältige Art und Weise, dass ich beschloss anderen zu helfen.
Ich begann zu lehren und man gab mir den Namen „der Großvater-Vogel".

Sollten in Deinem Leben einmal Dinge geschehen, die Du nicht möchtest – so versuche sie zu akzeptieren. In der Akzeptanz liegt immer die Befreiung. Die Befreiung wird Dich zurück zum Fluss des Lebens geleiten.
Und er wird Dich beschenken. Die Vögel über Dir werden das Lied der Freiheit singen, und ich werde unter ihnen sein....

Ich bin ein Ratgeber, ich bin der
Großvater-Vogel.

# Du gehst nicht alleine

Hast Du schon einmal in einer klaren Nacht den Himmel betrachtet? Zuerst siehst Du einige, wenige Sterne, dann vielleicht hundert, später eintausend und irgendwann merkst Du, dass es unzählbar viele sind. Jeder von ihnen hat seine eigene Leuchtkraft und seinen Platz. Sie scheinen um die Wette zu leuchten, einer heller als der andere. Der Lichtschein der Sterne strahlt uns entgegen und zusammen erhellen sie die Dunkelheit. Sie sind immer da, egal ob man sie sieht oder nicht.

In manchen Sommernächten kannst Du Sternschnuppen sehen – sie fallen vom Himmel, hinunter zu Dir. So, als wollten sie Dir sagen:

Alles ist gut, vertraue und gehe Deinen Weg...

Ebenso zahlreich wie die leuchtenden Punkte am Himmelszelt ist die Zahl der Schattenjäger. Es sind unzählbar viele – und sie sind immer da, egal ob man sie sieht oder nicht. Auch sie bringen das Licht in die Dunkelheit. Ihre Macht ist die Liebe, die Liebe zu allem Lebendigen.

Es sind Engel, Tiergeister und viele andere Wesenheiten, die euch zur Seite stehen. Ihre Hilfe ist euch gewiss, wenn ihr bereit seid zu gehen.

An dieser Stelle möchte ich Dir die Geschichte eines Löwenkindes erzählen, sein Name war Nabu.

Nabu wurde geboren in einer Höhle. Sie lag versteckt inmitten eines großen Waldes, im Bauch der Mutter Erde. Das Leben außerhalb seines Geburtsortes war voller Bewegung und fremdartiger Geräusche. Als Nabu alt genug war seine Höhle zu verlassen, kam dieses Gefühl der Ungewissheit. Was war dort draußen, woher kamen all die fremden Geräusche und Gerüche? Der kleine Löwe bekam große Angst und traute sich nicht in diese fremde Welt hinauszugehen. Die Furcht in ihm ließ ihn immer wieder umkehren – zurück in den vertrauten Raum seiner Geburt.

Der Vater des Löwenkindes sah die Angst seines Sohnes. So erzählte er ihm die Geschichten der Schattenjäger. Die großen Geister würden ihm helfen seine Angst zu überwinden und seinen eigenen Weg zu finden.

Nabu hörte seinem Vater aufmerksam zu und begann in seinen Gedanken die großen Jäger zu rufen. Er bat sie um Hilfe.

Die Tage vergingen und der kleine Löwe lag immer noch eingerollt und traurig in seiner Höhle. Er wartete auf Hilfe, doch nichts geschah. Nabu wusste, dass sein Vater ihn niemals belügen würde. Warum nur halfen ihm die Jäger nicht? War es möglich, dass sie ihn nicht mochten?
Der Zweifel in ihm wuchs und mit ihm seine Angst.
Eines Morgens, als die Sonne aufging, betrat der Löwenvater die Kinderstube seines Sohnes und sprach zu ihm:

*Nabu, es wird kein Schattenjäger in Deine Höhle kommen und Dich hinaustragen. Triff die Entscheidung, hinaus in die Welt zu gehen. Dann steh auf und geh! Wenn sie sehen, dass Du bereit bist und den Willen hast die ersten Schritte alleine zu gehen, so werden sie an Deiner Seite sein. Niemals wird ein Jäger in den freien Willen eines anderen eingreifen. Entscheiden musst Du Dich selbst.*
Mit diesen Worten verließ der Vater des kleinen Löwen die Höhle und legte sich in die Sonne zu seiner Gefährtin. Nabu dachte nach. Die Jäger würden bereit sein, wenn auch er bereit wäre...
Der junge Löwe nahm einen tiefen Atemzug und ging – Schritt für Schritt dem Höhlenausgang entgegen. Je länger er ging, desto einfacher und schneller wurden seine Schritte. So betrat Nabu die fremde Welt die vor ihm lag. Als er seine Eltern in der Sonne liegen sah, bemerkte er, dass er rannte. Diese neue Welt war wunderschön – die Angst hatte sich auf wundersame Art und Weise aufgelöst.

Nabu bedankte sich bei den Jägern und ging seinen eigenen Weg.
Hier endet die Geschichte des Löwenkindes. Das Wesen Nabu verließ seinen Körper vor langer Zeit. Heute ist er einer von vielen. Es ist ein Schattenjäger.
Sollte Dich einmal der Mut verlassen, so gib mir Deine Angst. Triff Deine Entscheidung und dann steh auf und gehe... Ich werde an Deiner Seite sein...

Mein Name ist Lioness, ich bin die Löwin.

Vergiss nicht, Du gehst nicht alleine...

Alle in diesem Buch dargestellten Bilder sind als Wandtattoo
in unserem Online-Shop
**www.babas-garden.de**
erhältlich.

Die Bilder tragen einen oder mehrere Magnete mit aufgesetzten Kristallen
in sich. So können Kinder selbstständig oder mit Hilfe der Eltern Ängste
und Sorgen an die Tiere/Wesenheiten abgeben.
Das Ritual des Abgebens zeigt die Bereitschaft der Kinder,
ihre Ängste loszulassen. Die Bilder können auch dazu benutzt werden,
positive Eigenschaften festzuhalten und somit zu verstärken.
So lernen wir spielerisch unsere Schöpferkraft anzunehmen und zu leben.

Viel Freude mit dem Buch und seinen Bildern wünscht

**babas garden**

**Geisterhäuschen**
*Anerkennung und Respekt für die Naturwesen*
Monika Sigrun Beer / babas garden
12,80 Euro / broschiert
ISBN: 9783732233618

**Momo Naseweis**
*Abenteuer einer Waldkatze*
Monika Sigrun Beer / babas garden
12,80 Euro / broschiert
ISBN: 9783732233571

Was immer Du tun kannst oder
wovon Du träumst –
fang damit an.
Mut hat Genie, Kraft und
Zauber in sich.

*Johann Wolfgang von Goethe*